Daniel Glattauer

Rainer Maria sucht das Paradies

Illustriert von Johanna Roither

Deuticke

1 2 3 4 5 12 11 10 09 08
ISBN 978-3-552-06082-1

Satz und Layout: Johanna Roither
Druck und Bindung: Bosch Druck, Ergolding
Printed in Germany

Zum Licht

Nur nicht im Dunkel
schmählich erschlaffen!
Im Lichtgefunkel
leben und schaffen.

Nur im Verstecke
nicht müd versiechen,
kränkeln und kriechen
nur das nicht!
Richte und recke
auf dich zum Licht!

RAINER MARIA RILKE

Rainer Maria kam aus tristen Verhältnissen. Sein Vater war seine Mutter, aber keine Schleimspur auf Gottes Erden erinnerte mehr daran. Rainer Maria wohnte in einem feuchten, kalten Loch unter Brennnesselwurzeln und freute sich schon auf sein nächstes Leben.

Vielleicht würde er (oder sie, du kannst es dir aussuchen), vielleicht würde er dann eine Fruchtfliege sein, vielleicht auch ein Wildschwein oder eine Kreuzung aus beiden, ganz egal. Die Chance, noch einmal als Nacktschnecke zur Welt zu kommen, war jedenfalls gering. Und schlechter konnte er es gar nicht mehr erwischen, so viel stand fest.

Weißt du, was den Sinn einer Nacktschnecke ausmacht? Eben. Genauso ging es Rainer Maria tagtäglich. Er war zwar ein Grübler, aber er kam nicht dahinter. Löcher in Salatköpfe zu beißen, war wohl ein Zeitvertreib, aber geistig satt oder gar glücklich wurde man dabei nicht.

Außerdem litt Rainer Maria schrecklich darunter, dass ihn niemand mochte. Alle Tiere unter der Erde und im Gras wandten sich sofort angewidert ab, wenn sie irrtümlich auf ihn stießen.

»Du kannst nur froh sein, dass du dich noch nie im Spiegel gesehen hast«, rief ihm unlängst Ludmilla von der Weite zu. Ludmilla war eine Assel. Du siehst, auf welchem ästhetischen Niveau wir uns befinden.

Die Einzigen, die Mitleid mit ihm hatten, waren die Menschen.
Es kursierten zwar grauenhafte Geschichten, was die sich nicht alles einfallen ließen, um Nacktschnecken das Leben noch unangenehmer und kürzer zu gestalten als es ohnehin war.
Aber Rainer Maria konnte nur Gutes berichten.

Überall im Garten standen Gläser mit köstlichem Bier herum.
Man musste nur die richtige Technik heraußen haben, um sich zu bedienen. Die schönsten Tage im Leben von Rainer Maria waren jene, an die er sich nachträglich nicht mehr erinnern konnte, weil sie mit ihm im Bierrausch untergegangen waren.

An einem milden Septembermorgen geschah etwas, das sein Leben verändern sollte. Er hatte sich Kraft und Mut angetrunken und war den Jakobsweg bis zur Hausbergkante gekrochen, von der man einen schönen Ausblick auf das Areal der »Sieben Hauben«, eines so genannten Gourmetrestaurants (wozu auch immer ein solches gut sein sollte) genoss.

Da sprang ihm der Schriftzug auf einem Lastwagen, der soeben angekommen war, in seine Fühleraugen: FRISCHE MEERESFRÜCHTE, GLÜCKLICHE HUMMER, HERRLICHE LANGUSTEN, ERLESENE GARNELEN
AUS DER EDELSTEN SHRIMPSFARM ITALIENS – BEL PARADISO ADRIATICO.

Ach, dachte Rainer Maria wehmütig: so ein Meeresfrüchtchen müsste man sein, da würde man bestimmt wie im Schlaraffenland leben. Schon malte er sich die Shrimpsfarm in den schönsten Farben und Formen aus.

Derbe Geräusche rissen ihn aus seinen Träumen.
Grobe menschliche Hände öffneten den Laderaum und zogen eine Kiste hervor.
Plumpe menschliche Füße stapften haarscharf an seinem Bierbauch vorbei. Glück gehabt: In einem muffigen Erdloch geboren zu werden und in der Rille einer nach Gummi stinkenden Schuhsohle zu sterben – das wäre nun wirklich die schwächste nur vorstellbare Performance eines unbegnadeten Kriechgeschöpfes gewesen.

Rainer Maria wollte sich schon auf den Heimweg machen,
da sah er aus dem Fühleraugenwinkel,
wie ein durchsichtiger Würfel, gefüllt mit einem rötlich
schimmernden Ding, in hohem Bogen aus der Kiste
geschleudert wurde und in einen mit
Flüssigkeit gefüllten Behälter klatschte.

Rainer Maria kroch zum Schauplatz und traute
seinem linken Auge nicht, welches er über den Schüsselrand
geschwungen hatte: Da drinnen schwamm etwas
ganz und gar Außerirdisches
– und flehte, mit hoher weiblicher,
teils frostiger, teils verwässerter Stimme
und in breitem fremdländischen Dialekt um Hilfe.

Rainer Maria hatte plötzlich das Gefühl, dem Sinn des Lebens so nahe wie noch nie zu sein. Er zog seinen Bierbauch über die Gefäßkante und fragte in Richtung des wundersamen Wesens: »Was kann ich wissen? Was darf ich hoffen? Was soll ich tun?«
– Als die Rote ihn sah, lief sie gleich noch röter an. »Iiiiih« schrie sie: »Iiiih, iiiih, iiiih, igitt, was bist denn du für einer?«
– »Rainer Maria Nacktschneck, sehr erfreut«, erwiderte er. »Ich kann dir leider nicht die Hand reichen, ich besitze keine. Und wer bist du?«

Die Rote zog sich in den hintersten Winkel des Pools zurück, ihr Körper bebte, ihre großen, weit aufgerissenen Augen warfen Rainer Maria schiefe Blicke zu. In verächtlichem Ton fiepste sie: »Iiiih. Bin ich hier in die Dreharbeiten zu ›Ein Zombie hing am Beckenrand‹ geraten? Du siehst ja entsetzlicher als jedes Monster aus.
Mit dir rede ich nicht. Du bist mir schlichtweg zu ekelig.«

Rainer Maria kränkte sich sehr und sagte: »Gut, dann krieche ich wieder heim.« Schon schob er die erste Bierbauch-Falte über die Poolkante. Da rief die Rote aufgeregt: »Halt, halt, hier geblieben, Monster! Du musst Hilfe herbeischaffen. Holt mich hier raus! Ich will nach Hause! Ich will nach Hause!« Rainer Maria: »Nach Hause telefonieren?« Die Rote: »Ich bin nicht E.T., du Alien! Ich bin Lilly Prawn.

Freunde nennen mich Tiger Lilly. Verwandte nennen mich Lilly. Du nennst mich Prawn. Capito? Und jetzt hole Hilfe, aber rasch! Und geh' mir bitte aus den Augen, meine zarte Netzhaut verträgt nicht so viel Hässlichkeit auf einmal.«

Rainer Maria überlegte. Irgendwo hatte er den Namen »Prawn« schon einmal gehört. War das nicht ein anderes Wort für… für… für. Natürlich! Jetzt fiel ihm die Aufschrift auf dem Lieferwagen wieder ein, und er fragte: »Prawn, bist du vielleicht eine Garnele?«
– »Unglaublich«, spöttelte Lilly, »das Monster kann kombinieren!«
Rainer Maria: »Lebst du auf einer dieser reichen Farmen?«
– Lilly: »Natürlich. Was hast du denn gedacht? So reich und vornehm, wie du es dir gar nicht erträumen kannst, Nacktschneck.
Ich bade täglich in Champagner. Also pronto pronto. Hole Hilfe!
Ich will wieder heim nach Italien, ans Meer! In welchem Elendsnest bin ich hier überhaupt gelandet?«

Rainer Maria: »Im niederösterreichischen Waldviertel.«
Lilly: »Igitt. Sind hier alle so hässlich wie du?«
Rainer Maria: »Nein, nur wir Schnecken und die Menschen.
Die braten angeblich fette rosa Schweine und essen sie.«
Bei diesem Gedanken drehte es sogar einer
sonst unerschütterlichen Nacktschnecke den Magen um.

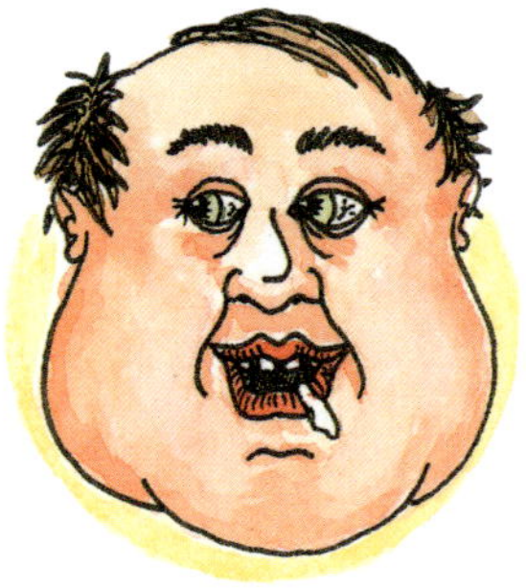

Rainer Maria fragte weiter: »Was machst du eigentlich hier?
Wie hat es dich hierher verschlagen?«
Lilly: »Keine Ahnung, Monster. Ich erinnere mich nur noch
an riesige Eisberge, dann ist um mich herum alles schwarz geworden.
Und als ich erwachte, lag ich hier, in dieser erbärmlichen Kloake.
Iiiih, es ist alles so schrecklich. Ich will zu meiner Familie!«
Sie begann bitterlich zu weinen.

Rainer Maria grübelte. Gerne hätte er Hilfe geholt, aber er kannte kaum jemanden.
Außerdem hatten die Tiere alle ihre eigenen Sorgen.
Wer würde Lilly schon freiwillig nach Italien bringen?
Höchstens Zugvögel, aber zu ihnen hatte Rainer Maria keinen Kontakt.

Sicher, er selbst könnte Lilly auf den Rücken nehmen und mit ihr
nach Italien kriechen. Das war sogar eine schöne Vorstellung.
Aber dafür bräuchte er vermutlich tausend Schneckenleben.
Und wenn sie es auf eigene Faust probierte?
Nein, obwohl sie mehrere Füße hatte, die sich beim Gehen abwechseln konnten,
würde ein Marsch nach Italien wohl zu strapaziös für sie sein.

Rainer Maria wünschte sich so sehr, eine rettende Idee zu haben, bis es tatsächlich geschah: Der Lieferwagen! Da stand doch »BEL PARADISO ADRIATICO« darauf. Wahrscheinlich war Lilly Prawn aus dem Paradies entführt und versehentlich hierher geschleppt worden. Und bestimmt fuhr der Wagen auch wieder ins Meeresfrüchte-Paradies zurück.

Rainer Maria wandte sich aufgeregt an Lilly: »Prawn, ich kann dir helfen. Ich weiß, wie du nach Hause kommst. Du fährst mit dem Lastwagen.«
Lilly erwiderte: »Klingt interessant, Monster. Verfügt das Fahrzeug über ein ordentliches Schwimmbecken, der Inhalt vorzugsweise 23,8° Celsius warm und leicht gesalzen? Ich muss nämlich ständig im Wasser sein, sonst trockne ich aus und sterbe.«

Oh verdammt, das hatte Rainer Maria nicht bedacht.
»Tut mir leid, Prawn«, sagte er, »bis der Kamp wieder Hochwasser führt, wirst du wohl hier in der Schüssel bleiben müssen.«
Lilly begann neuerlich zu schluchzen. Rainer Maria versuchte sie zu trösten: »Ich verspreche dir, ich werde dich zweimal täglich besuchen.«
Da weinte Lilly gleich noch viel heftiger.
Sie schrie: »Ich will nach Hause! Ich will nach Hause!«

Noch einmal beschwor Rainer Maria seine gesamten geistigen Kräfte und rang ihnen eine geniale Idee ab: Ein Gefäß musste her, und er wusste auch schon welches. »Prawn, ich komme wieder!«, rief er und kroch zum nahegelegenen Nussbaum.
Dort befand sich der Friedhof der namenlosen Weinbergschnecken, der nur noch aus leeren Gehäusen bestand.

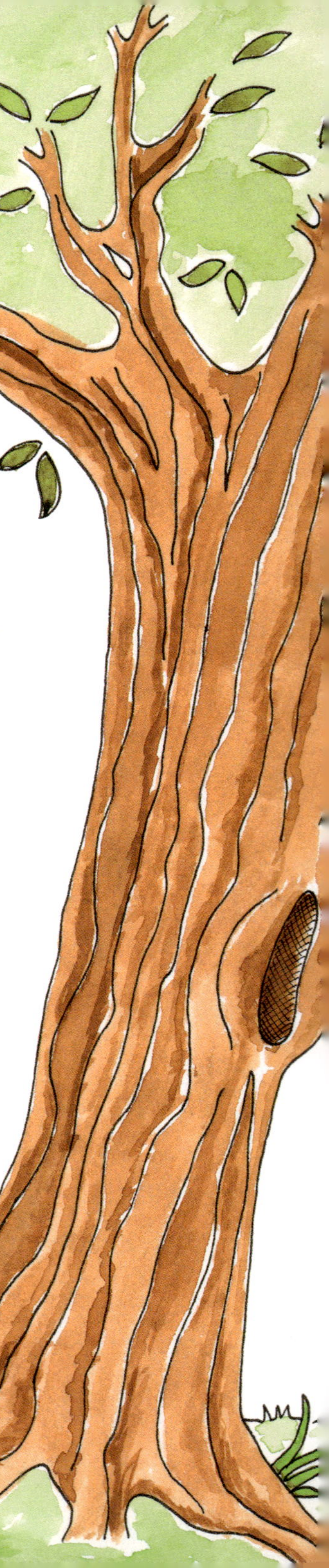

Rainer Maria wählte das prunkvollste aus.
Nun benötigte er noch ein stabiles Seil.
Dazu dienten ihm drei dicke Grashalme,
die er mit körpereigener Klebemasse
zu einem Zopf flocht.

Ein Ende befestigte er am Gehäuse,
das andere band er um seinen
stattlichen Bierbauch.
Beim Kriechen zog er saftige Schleimspuren,
auf denen das Schneckenhaus
wie geschmiert seines Weges rutschte.

Schnell noch zu einer Pfütze:
Dort füllte er das Gefäß bis
an den Rand mit Regenwasser an.

Stolz präsentierte er Lilly die neue mobile Badewanne und erläuterte ihr die nächsten Schritte: »Prawn, du steigst hier ein, ich ziehe dich auf den Lieferwagen, und dann geht es zurück ins Paradies nach Italien, zu deiner Familie!«
– Die Garnele war erfreut. »Cool, Monster«, sagte sie, »das Ding ist zwar ein echter Bastlerhit, aber besser als gar nichts.
Hast du gut gemacht, Alien! Du darfst mich dafür einmal Tiger Lilly nennen.«

Sogleich kletterte sie auf den Beckenrand und sprang in die gefüllte Kalkschale. »Iiiih, grindig, kalt und viel zu süß«, raunzte sie, »da hole ich mir bestimmt Gastritis und jede Menge Hautkrankheiten.«

Rainer Maria stärkte sich mit einem Pfiff Bier aus der nächstgelegenen Falle. Dann zog er Lilly den steilen Weg hinauf, bis er, schaumgebremst und schleimgebadet, die Ladefläche des Lieferwagens erreichte.

Lilly hatte es plötzlich sehr eilig, sich von Rainer Maria zu verabschieden. »Arrivederci, Monster! Hat mich gefreut, deine Bekanntschaft gemacht zu haben, aber zum Glück nicht näher. Und danke für die kleine Hilfeleistung. Bon giorno.«

Rainer Maria war verwirrt. »Da liegt ein Missverständnis vor, Tiger Lilly, ich komme natürlich mit. Ich lasse dich nicht alleine, das ist viel zu gefährlich. Was ist, wenn das Schneckenhaus umkippt? Außerdem muss ich einmal in meinem Leben auf einer Shrimpsfarm gewesen sein. Das ist mein größter Wunsch hier auf Erden.«

Lilly schrie entsetzt auf. »Nein, glitschiges Monster, das kannst du mir nicht antun. Ich werde schreckliche Alpträume haben. Und wenn mich nur einer meiner Verwandten mit dir sieht, dann geniere ich mich bis auf den Meeresgrund.«
Rainer Maria war traurig. »Ich kann mich ja verstecken, das hab' ich mein Leben lang trainiert«, sagte er kleinlaut.

So sehr waren sie in ihr Gespräch vertieft, dass sie gar nicht bemerkten, dass sich der Lieferwagen bereits in Bewegung gesetzt hatte. Erst als Lillys Wanne in einer Kurve leicht zu hüpfen begann, wusste Rainer Maria, dass die Reise ins Paradies begonnen hatte. Und er war mit an Bord.

Die Fahrt dauerte viele Stunden. Rainer Maria ersparte Lilly, so gut es ging, seinen Anblick. Damit sie besser schlafen konnte, schaukelte er behutsam ihr Wasserbecken. Er selbst tat kaum ein Fühlerauge zu. Immer musste er die schöne Lilly beobachten. Dabei spürte er ein seltsames Gefühl im Bauch, halb war es schwesterlich, halb aber mehr, als einem Bruder erlaubt war.

Wenn sie aufwachte und ihn sah, erschrak sie von Mal zu Mal ein bisschen weniger. Einmal konnte er sich nicht mehr zurückhalten, er musste ihr ein Kompliment machen. »Tiger Lilly«, sagte er, »mit dir hat es die Natur wirklich gut gemeint. Du hast so schöne schlanke Beine. Und so viele!« – »Schleimer«, erwiderte Lilly. Aber rot lief sie dennoch an.

An geregelte Mahlzeiten während der Fahrt war leider nicht zu denken. Aber für den kleinen Hunger zwischendurch taten es drei dicke Scheiben einer Delikatessgurke, die Rainer Maria in einer Leberkäsesemmel am Rücksitz des Lastwagens aufgespürt hatte.

Rainer Maria fiel angenehm auf, dass Lilly immer seltener Monster zu ihm sagte und seinen Blicken länger standhielt, ohne sich gleich in Anfällen von Übelkeit zu ergehen.

Als der zweite Abend dämmerte, lagen sie nebeneinander auf dem Rücken und beobachteten die Sterne. »Willst du ein Gedicht hören?« fragte Rainer Maria. »Von mir aus«, erwiderte Lilly. Da sprach er mit zarter Stimme:

»Die Fernen dunkeln schnell,
still wird die Welt,
die Sterne funkeln hell am Himmelszelt.
Wie mir das Herze schwellt
ihr heller Schein,
däucht mir der Schmerz der Welt
doch allzu klein;
und was auch Trübes zieht
mir durch die Brust,
nun wird's zum Liebeslied
voll reiner Lust.«

Tiger Lilly beugte sich aus dem Becken und fragte: »War das soeben eine Anmache?« – »Nein«, erwiderte Rainer Maria »das war ›Abendgedanken‹ von meinem Namensvetter Rainer Maria Rilke.« Lilly: »Und wer ist das?« Rainer Maria: »Ein Mensch.« Lilly: »War trotzdem irgendwie schön.«

Als die Sonne aufging, hatten sie ihr Ziel erreicht. Der Lieferwagen fuhr nicht mehr weiter, die Türen öffneten sich und ließen unangenehm warme Luft herein.
»Hier riecht es aber komisch, wie nach gestrandeter Forelle«, meinte Rainer Maria.
»Das ist das Meer«, erwiderte Lilly voller Begeisterung. »Ehrlich?«, fragte Rainer Maria enttäuscht. Auch die Landschaft gefiel ihm nicht. Hier gab es keine grünen Wälder und saftigen Wiesen, nur spitze, hellbraune Sträucher, Sand und Steine.

»Und wo ist dein Zuhause, die prächtige Wellness-Farm der Meeresfrüchtchen?«, fragte er weiter. »Mir doch egal«, entgegnete Lilly, »ich gehe zunächst einmal ins Wasser, zu meinen Kollegen. Wenn du zehn Meter hinter mir bleibst, kannst du mitkommen, Nacktschneck.«

Rainer Maria schob eine Bauchfalte ins Wasser und zog sie sofort wieder zurück. »Au«, rief er, »das brennt ja! Da muss jemand Salz gestreut haben.
Vielleicht war der Boden hier eisig. Ich probiere es woanders.«
– »Kannst du dir sparen, Kumpel. Das ganze Meer ist salzig«, erklärte Lilly.
»Ehrlich? Meine Haut verträgt aber kein Salz.
Dann kann ich das Meer vergessen«,
erwiderte Rainer Maria zerknirscht:
»Ich werde hier im Gebüsch auf dich warten.«

Er zog Lilly bis zum Wasser. Dort verließ sie das Weinbergschneckengehäuse und ritt auf der ersten seichten Welle in die offene See. Von weitem rief sie ihm noch einmal »Ciao, mille grazie!« zu. Dann wurde sie kleiner und kleiner.

Rainer Maria schaute ihr lange nach. Dabei fielen ihm wieder Verse seines Namenskollegen ein, und er sprach leise vor sich hin:

»Seh ich, vom Winde getragen,
rauschend die Welle entfliehn,
treibt es mich immer zu fragen:
Eilende Welle, wohin?«

Am Abend zog Rainer Maria mit dem Gehäuse unter einem Thymianstrauch ein und wartete – erst geduldig, dann ungeduldig, dann traurig, dann verzweifelt.

Grausame Tage und qualvolle Nächte vergingen. Tiger Lilly Prawn kehrte nicht wieder zurück. Also machte sich Rainer Maria selbst auf die Suche nach dem Paradies. Vielleicht würde Lilly dort auf ihn warten. Das Weinbergschneckenhaus nahm er zur Sicherheit mit.

Die Tagesmärsche waren beschwerlich. Die Hitze drückte Rainer Maria flach zu Boden. Ständig musste er Salzpfützen und Dornenhecken ausweichen. Süßwasser und essbares Grünes waren rar. Nirgendwo gab es auch nur einen Tropfen Bier.

Eines Abends hörte er dumpf dröhnende Schritte, die offenbar von Menschenfüßen stammten. Er kroch den Geräuschen nach und erreichte ein abgesperrtes, mit Stacheldraht umzäuntes Gelände. Auf einem Schild war in großen Buchstaben »BEL PARADISO ADRIATICO« zu lesen. Das musste die berühmte Shrimpsfarm sein. Rainer Maria hatte das Paradies erreicht.

Doch die Freude darüber währte nur kurz, denn was seine Fühleraugen erblickten, war selbst für eine Nacktschnecke, die aus der Gosse kam und die Sprache der niedrigsten Würmer sprach, schockierend. In einem erbarmungslos kargen Wüstenfeld türmten sich, dreimal so furchterregend wie die Skyline von Niederfladnitz, wuchtige Glasbehälter auf. Und darin zappelten hunderte rote Meeresfrüchtchen, Körper an Körper gepresst, übereinander getürmt, und kämpften in höchster Panik um jeden Millimeter Freiraum.

Rainer Maria kroch ganz nah an die Behälter heran und rief: »Tiger Lilly, bist du hier?« Darauf meldeten sich so viele Stimmen wie es Tierchen in Not gab. Und alle antworteten in einem von Panik dirigierten Chor: »Ja, hier bin ich, Hilfe! Hol' mich hier raus!« Jetzt erkannte er es: Jede sah aus wie die andere. Die Garnelen waren völlig ident, als wären sie in einer Tiger-Lilly-Kopieranstalt künstlich erzeugt worden.

Aber nur eine einzige ruderte gegen den Strom auf ihn zu und rief, aufgeregt vor Freude: »Monster, Monster! Äh, ich meine, Rainer Maria, schönster Nacktschneck der Welt! Hier bin ich. Ich bin diejenige, die du suchst. Bitte, hilf mir, noch ein einziges Mal! Man hat mich im Meer gefangen und hierher ins Zuchtlager geschleppt. Rette mich!«

Nun galt es keine Zeit zu verlieren, denn schon drang ein von Menschenhand geschwungenes Netz im ersten Glasgefängnis ein und filterte Dutzende Lilly-Plagiate aus dem Wasser. Rainer Maria kroch zur nächstgelegenen Pfütze, füllte das leere Schneckengehäuse, kehrte zum Teich zurück und flüsterte der echten Lilly zu: »Klettere die Glaswand hinauf und spring da hinein, wie du es im Waldviertel gemacht hast.«

Lilly gluckste vor Glück und schwärmte:
»Rainer Maria, ich dachte, solche Helden gibt es nur noch bei Baywatch.«

Der Marsch auf dem Fluchtweg durch die Steppe war äußerst beschwerlich. Rainer Maria musste dabei seine gesamten Schleimvorräte erschöpfen. Endlich stießen sie auf den abgestellten Lieferwagen, bald danach war der rettende Thymianstrauch erreicht. Dort schlüpften sie unter und ruhten sich aus.

Am nächsten Morgen besprachen sie die triste Lage. »Das ist nicht das Paradies«, stellte Rainer Maria ernüchtert fest. »Ich kann hier nicht länger leben. Ich brauche saftige Erde, grünes Gras und ein Krügel Bier gegen den gröbsten Durst.«

Lilly klagte: »Du darfst mich hier nicht alleine lassen, liebes Monster. Ohne Leibwächter bin ich verloren. Die Menschen suchen das Meer nach mir ab. Ich glaube, die wollen mich essen.«

Rainer Maria erwiderte: »Kein Wunder. Das ist, weil du so schön bist und so gut riechst. Mich will kein Mensch essen, ich habe Glück, ich bin ekelig.« Dazu schnitt er eine abscheuliche Grimasse.

Nach einigen Stunden intensiven Nachdenkens hatte er die Lösung gefunden. »Ich kenne nur einen einzigen Platz, wo wir beide sicher sind«, sagte er: »Und dazu brauchen wir den Lieferwagen.« Tiger Lilly vertraute Rainer Maria und ließ sich von ihm zum Lastfahrzeug bringen. Abermals zog er das gefüllte Wasserbecken den steilen Weg hinauf zur Ladefläche.

Obwohl das Jahr schon dem Ende zuging, war es hier oben zunächst noch warm und stickig. Aber nach und nach wurden große Kisten ins Wageninnere gepackt, die eisige Kälte verbreiteten.

»Ich glaube, ich weiß, was da drinnen ist«, sagte Rainer Maria mit betretener Stimme. »Was?«, fragte Lilly. Rainer Marias Antwort: »Ich verrate nur so viel: Keine gefrorenen Nacktschnecken!«

Als es dunkel wurde, setzte sich das Fahrzeug in Bewegung. Während der Fahrt schmiegte sich Rainer Maria an das Gehäuse, um Lilly zu wärmen.

Einmal bemerkte Lilly: »Nacktschneck, du hast abgenommen. Du siehst jetzt viel besser aus. Bist du eigentlich männlich oder weiblich?«
Rainer Maria: »Von beidem etwas. Ich bin leider weder Fisch noch Fleisch.«
Darauf Lilly: »Macht nichts, mir gefällt's. Ich mag Transen, die sind so einfühlsam. Darf ich einmal deinen glitschigen Bauch berühren?« Rainer Maria willigte ein.

Danach stellte Lilly fest: »Na ja, sehr muskulös bist du zwar nicht, aber es fühlt sich angenehm weich und warm an.« Vor Rainer Marias Augen tanzten plötzlich hundert rote Herzen. Und trotz der Kälte war ihm heiß.

»Darf ich noch einmal Rilke zitieren?«, fragte Rainer Maria.
Lilly: »Ja, ich mag Schnecken, die Gedichte aufsagen können.«
Da sprach Rainer Maria mit zarter Stimme:

»Könntest ins Herz du mir schauen,
sähest du, schönste der Frauen,
doch nur dein eigenes Bild.
So wie im Quell, der so wild
hin durch die Flur eilt geflügelt,
doch sich die Rose gespiegelt.«

Lilly: »Hat.« Rainer Maria: »Hat?«
Lilly: »Gespiegelt hat. ›Hat‹ hat gefehlt.
Sonst war's schön!
Und sieh mich bitte nicht so an, das macht mich ganz verlegen!«

Pünktlich zum Sonnenaufgang hielt das Fahrzeug. Rainer Maria war überglücklich, das Areal der »Sieben Hauben« wieder zu erkennen. Der Laderaum war nun geöffnet, frische Winterluft strömte herein. Aus einem der monumentalen Menschenhäuser tönte Weihnachtsmusik. Draußen hatte es leicht zu schneien begonnen.
Zum Glück war der Boden noch nicht weiß. Lilly schlief tief und fest.
Jetzt musste Rainer Maria rasch handeln.

Um die Schlafende vor der Kälte zu schützen, sammelte er Blätter und Moos und bedeckte damit das Wasserbecken. Dann zog er Lilly über die Hausbergkante auf den Jakobsweg. Nach drei Stunden frostigen Weges hatten sie sein karges Erdloch erreicht.

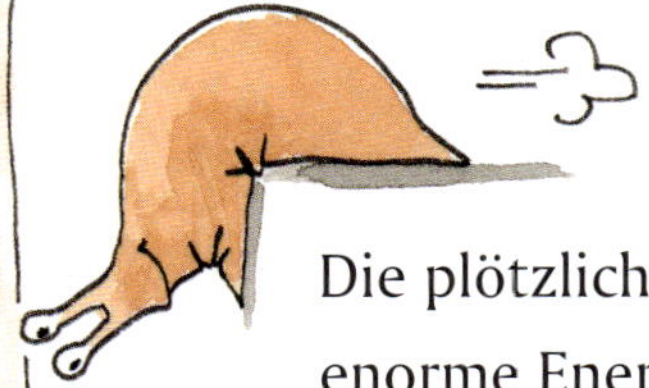

Die plötzliche Lebensfreude ließ in ihm enorme Energiereserven frei werden. Und so begann er sofort mit den Ausbauarbeiten: Unterkellerung, Wärmedämmung, Einbauküche, Wintergarten, Badezimmer, Damen-WC und natürlich ein Extra-Schlafzimmer für Lilly.

Danach richtete er das Wohnzimmer ein, verzierte es mit Immergrün und schmückte es weihnachtlich mit Tannenzweigen und Lichtern. Noch einmal kroch er ins Freie, sammelte Eichelschalen, füllte sie mit Schnee und schaffte die Wasservorräte in den Keller.

Zuletzt grub er nach roter Erde, verdünnte sie mit Wasser, band sie mit Spucke, rieb seinen Bauch damit ein und begann sorgsam, das Weinbergschneckenhaus zu streichen, bis es die gleiche Farbe wie Lillys Körper hatte.

Er war gerade mit allem fertig geworden, da erwachte Tiger Lilly Prawn aus ihrem Schlaf und fragte mit dünner Stimme: »Hey, hallo, lebe ich noch oder träume ich schon? Wo bin ich hier? Im siebenten Himmel?«
– »Acht Stockwerke tiefer«, erwiderte Rainer Maria: »Nennen wir es das ›Paradies unter Erden‹«.
– »Das hast du gut gemacht, du Hübscher«, erwiderte Lilly.

Und dann feierten sie so lange Weihnachten, bis das Jahr neu war.